U0465791

落雪的声音

卢后盾 著

江苏凤凰文艺出版社
JIANGSU PHOENIX LITERATURE AND ART PUBLISHING

图书在版编目（CIP）数据

落雪的声音 / 卢后盾著. —南京 : 江苏凤凰文艺出版社，2023. 8

ISBN 978-7-5594-7604-3

Ⅰ. ①落… Ⅱ. ①卢… Ⅲ. ①诗集—中国—当代 Ⅳ. ①I227

中国国家版本馆 CIP 数据核字(2023)第 112853 号

落雪的声音

卢后盾 著

出 版 人　张在健
责任编辑　王娱瑶
装帧设计　周伟伟
责任印制　刘　巍
出版发行　江苏凤凰文艺出版社
　　　　　南京市中央路 165 号，邮编：210009
出版社网址　http://www.jswenyi.com
印　　刷　南京新洲印刷有限公司
开　　本　880 毫米×1230 毫米　1/32
印　　张　6.75
字　　数　106 千字
版　　次　2023 年 8 月第 1 版
印　　次　2023 年 8 月第 1 次印刷
标准书号　ISBN 978-7-5594-7604-3
定　　价　88.00 元

序

人性的丰富与复杂的呈现

叶　橹

手头这部分量不轻的诗集，是我多年前相识的忘年之交卢后盾的作品。他因为一直在外地工作，平时同我并无交往。最近在高邮旧地相逢，他对我说准备出一本诗集，让我写一篇序，我义不容辞，当即爽快地答应了。我曾被朋友嘲讽为“写序专家”，虽然现在已老眼昏花，也不在乎多写一篇。收到他寄来的诗集打印稿，仔细拜读后，我觉得是应允了一件值得一做的事情。

坦率地说，诗坛上可能很少人知道卢后盾的名字，我也是读了他的这部诗集后才认定他是一个合格的诗人。说他是一个合格的诗人，并不是说他在诗坛上有多大影响，而是因为，他的诗证明着他的确具备诗人的素质。

多年前我只是耳闻他是一个非常干练的

青年领导干部，完全不知道他还是一位文学爱好者。现在读他的诗集及自序，方知其在古典文学知识和修养上亦属上乘，无怪乎写新诗时亦能出手不凡。读他的这些新诗，知道他从青年时代的满怀热情，到中年以后对社会现实的沉思，实属于一个紧跟时代步伐的现实主义者。

卢后盾早年写的一些诗，大抵都是对自然景观的内心感悟，符合青年人的普遍心态。然而在卢后盾的诗中，似乎隐藏着一种难以觉察的象征性的暗示。像《春五首》《春天的雨》这一类诗，看起来都是写春天的景象和感悟，实际上如果仔细品味，是可以悟出若干对现实和人生的思考的。我在读他的《春天的雨》这首稍长的诗时，除了感慨前面几节诗蕴含的多种灵动的思绪和诸多古诗词元素，最令我惊叹的是最后那一节：

春天的雨
云来雨去　变幻莫测
可令水光潋滟
可令山色空蒙
天神轻轻一挥

东边日出西边雨

我不知道他的这些诗句是否含有他自身对现实生活现象的关联性的感悟，至少对于我这样饱经沧桑的人来说，是能品味和联想到许多生活的真实体验的。

从青年时代到步入中年，卢后盾的工作地点和工作性质有过多次变化，但是作为极具文人精神气质的人，他的诗表现出一贯的内心感悟和心灵变幻的特色。

尽管卢后盾大半生都是行政部门和国企的领导人，但是他的诗作却丝毫没有流露出所谓的“官味”。读他的《露夜的思》，我深切地感受到他文人品性的幽曲表达。如“混沌中蕴藏着清晰/恍惚间闪耀出明智”，既是一种工作中的领悟，又是一种内心的曲径通幽。从诗人的艺术品格的感知，到哲学的理性认知，最后形成了他的诗性的领悟：

这夜啊　死寂而又灵动的夜
唯有在这暗色里
我会变成一颗星
一颗随风飘舞的星

真所谓“情不自禁”的坦诚表露。虽然“飘舞”，但仍然是“星”，光芒不息。这就是最可贵的文人品性和骨气。

人生在世，常常会产生“身不由己”的感叹，有许多时候会萌生一种向大自然融入和回归的欲念。卢后盾写的许多有关自然景观的诗，其实都是这种欲念的呈现。特别是《闪电》一诗，表现了他在洞明世事之后的灵悟：

你的光　你的声　你的雨
是在向宇宙告示
地球是我的　我的领地
岂容他人染指！
夸父追日　追不上你的光
女娲补天　补不了你的洞
共工治水　治不住你的雨
任凭地老天荒　你永远
闪烁在万里长空
如今两鬓如霜　听到雷声
我立在窗前　透过狂风暴雨
去欣赏你

——闪电

这是卢后盾所写的有关自然景观的诗篇

中，既感情投入很深，又主客观契合度最高的精品。

我从卢后盾众多的诗篇中，读出了他对种种大自然景观的感悟，似乎隐约地呈现出一种社会心态的成长过程。这种成长过程蕴涵的丰富性和复杂性，也许正是我们这个社会历史阶段留给未来人们思考与探究的宝贵财富。

人在步入中年以后，不仅有对既往生活的回顾，更会有对现实和未来的思考，特别是对生命自身价值的权衡。有关人生意义和价值的思考，是古往今来一切诗人们经久不息的一个话题。对现实的存在，固然会有利害的权衡，而对未来的展望，又不时会滋生出某种虚无的思绪。我在读到《普罗旺斯的紫色》一诗时，突然想起了艾青的《大堰河，我的保姆》一诗中“呈给你黄土下紫色的灵魂”的诗句。卢后盾赋予了“紫色”一词特殊的象征意味，是否因为艾青的诗句在潜意识里的影响，我不敢断言。但是，我作为读者而产生的联想，却是我的潜意识的表达。卢后盾在他的诗中，也是因为对紫色的迷恋而引发出“有一缕缈缈轻烟/带着天堂的味道/来到我的面前/然后　我们一起化身在/这片紫色的海洋里”的联想的。这是一首幻梦型的诗，也是一种对生命形式有所领悟的思考型的诗。我们不能给它什么样的定义，但是可以感受到它的诗性存在的价值。

个体生命的存在不仅限于时间和空间，而且还会在时空条件变化时影响着它自身的感受。我从卢后盾前期到后期的诗情表现中，明显地感受到它们的异同。相同的是他对生命自身的不断思考与探究，而相异的则是随着时间的移异而生出的不同的生命感受。人在不同的时间段，对周围事物的感受、观察、思考的角度也不同。在卢后盾后期所写的一些诗篇中，我们能够感觉到他的回忆情结与现实思考的内容在增长，而那种青春时期的浪漫情怀在逐步消退。

卢后盾是一个多情的具有浪漫情怀的人，又是一个脚踏实地的现实主义者。这些因素决定了他为人处事的统一性和矛盾性。像他的《梦境》《唇》《海边的吻》一类诗篇，现实感受中深含回忆的旧情；而在《爱之死》《情殇》《人生》这类诗中，则难免流露出若干中年以后的沧桑情怀。

人生就是一个过程，而且是一个不甚完满的过程。作为政府工作人员的卢后盾，在行政管理事务中会有种种的羁绊；而作为诗人的卢后盾，同样在日常生活中会有许多内心的纠缠和苦恼。但是，我们可以明显地感受到，他是一个善于自我消解精神困囿的人。从中年逐步迈入老年的人，也许最经常的思绪和情怀就是对家人和故土的依恋与回顾了。因此，我们在卢后盾的诗中读到了像《家》《女儿与我》《思乡》《外婆门前的小木桥》这一类诗篇。这里面的亲情和乡土之恋，对于像我这样的耄耋老人来说，不仅亲切，还有点伤感。

卢后盾是高邮人，而我曾在高邮生活过多年，可以算得上是半个高邮人，所以我对他笔下的《亲水的高邮》，读来感到格外亲切。说起来人生真的有许多巧遇，如果不是这次在高邮同他巧遇，也就不会有我写的这篇言不及义的序了。

坦率地说，我现在因为年老迟钝，对诗的

感受力已几近麻木，虽竭尽全力想写好这篇序文，终究是心有余而力不足，草成的急就章，未必能揭示出卢后盾诗的全部优长之处，只能请他海涵包容了。

如果可能，我当然希望能读到他步入老年以后写出的更为成熟练达的诗篇。

以此为序，实在感到不安和惭愧。

2022.12.8　扬州

自　序

诗歌，在今天许多人看来，似乎是一个“高大上”的词，属于阳春白雪。但是，它最早出自民间，是下里巴人的作品。

早在原始社会、上古时期，那时候还没有文字，更没有文学作品，但民间有民歌民谣，内容关乎男女恋情、生产劳动、宗教信仰、日常生活等。直到西周末期，也就是公元前七百年，有位大学者，周宣王的太师尹吉甫，把过去约五百年流传在民间的民歌民谣收集整理成书，取名为《诗》。后来孔子对这本书做了修订，书名仍然叫《诗》。“《诗》三百，一言以蔽之，曰：‘思无邪’。”（《论语·为政》）到了西汉年间，《诗》被儒家奉为经典，遂改名为《诗经》，一直沿用至今。

由此可见，诗歌是一种最古老的用以表达情感的语言形式。《诗经》不仅是中国历史上最早的一部诗歌总集，也是中国历史上最早的文字作品和文学作品。

但凡民歌民谣，一般都朗朗上口，易于传唱，概因句尾押韵。《诗经》里总共三百零五首诗，除了七首不押韵，其他都押韵。诗歌老祖宗的这一基因，世代相传，后辈子孙中的辞、赋、诗、词、曲等，一以贯之秉承韵律的宗旨。

诗歌作为一种文学作品，对中国文化的形成发挥了十分重要的作用，甚至可以说，它是中国文化最具代表性的象征。试想一下，假如没有唐诗、宋词，中国文化的长河里将会因为缺少壮丽的波澜而变得平淡无奇；假如没有李白、杜甫、苏东坡这些名字，中国文坛的长夜里将会因为缺少璀璨的明星而黯淡许多。

从《诗经》开始，一直到清末，在这两千六百年的时间里，中国的诗歌虽然形式多样，但总体上恪守一个原则，就是结构严谨，平仄有致。比如唐诗，讲究平仄、对仗和押韵，一般为五言、七言。比如宋词，有固定的词牌、词调、句式和韵辙，字数有严格限定，小令在五十八个字以内，中调为五十九至九十个字，长调为九十一个字以上。不得不说，在固定格式的框架内，利用有限的篇幅，配以精炼的文字，读来音律和美，且想象丰富、意境深远，这种寓无限于有限、集至臻于简约的表现方式，可谓把汉语言文字的精妙运用到了极致。中国历史上许多杰出的诗篇，正是因为有了这种瑰丽而又工巧的形式美，才流芳百世。

然而，这种两千余年一以贯之的表现方式，也有它的弊端，而且时间越长，沉疴越明显。古诗到了唐朝已发展到巅峰，后人已很难超越，一如鲁迅所说："一切好诗，到唐朝已被做完。"所以，宋朝文士对唐诗高山仰止，望而却步，转而在词上狠下功夫，不意攀登上另一座高峰。宋以后，诗与词已是一种并列关系，文人左手写诗，右手写词，加之元曲、清小说后来居上，诗歌在文坛逐渐退居次要地位。

辛亥革命后，中国发生了轰轰烈烈的"五四"新文化运动，这场运动对传统文化进行了一次全面的革新。具体到诗歌，新文化运动的领军人物几乎一致认为，古典诗歌在章法句式、对仗用典、平仄韵律等方面的定式，限制、束缚了人们思想感情的表达，已不适应不断变化和日益复杂的社会生活，必须彻底加以革新。胡适在《谈新诗》中说："若想有一种新内容和新精神，不能不打破那些束缚精神的枷锁镣铐。"就在这场新文化运动中，白话文取代了文言文，汉语表达方式发生了前所未有的变化。这期间，大量西方诗歌传入中国，也对古典诗歌提出了挑战。时代的更迭，社会人文环境的嬗变，东西方文化的碰撞，再加上一大帮先锋人物的力推，最终促成了一场"诗界革命"。其结果就是，诗坛诞生了一种与古典诗歌迥然不同的诗，即自由体的新诗。

任何事物须在发展和创新中才能获得新生，旧的总会被新的所代替。中国文学史上曾发生多次革故鼎新的事件，如唐朝中期，由韩愈、柳宗元为首发起了一场"古文运动"，其目的就是以无韵、无拘束、自由发挥的散文取代音律工整、辞藻华丽、句式呆板的骈文，最终大获全胜。新文化运动与古文运动相差一千二百年，如果说两者有什么相似的话，那就是矛头都指向墨守成规的文法，包括结构、句法和韵律，出发点都是为了解除作文的羁绊，使作者能自由自在地写作。

“诗界革命”一经开始便势如破竹，进展比人们预想的还要快。有一大批知识分子加入了新诗创作的行列，他们中有蜚声民国并在近现代中国文坛享有盛名的文人，如胡适、刘半农、周作人、闻一多、郭沫若、俞平伯、朱自清、梁实秋、徐志摩、林徽因等。各地先后出现了许多新诗流派，如新月派；出版了许多新诗刊物，如《新青年》《诗镌》等。1920年胡适出版了第一部新诗集《尝试集》，内容全部是白话诗。在新诗运动的催生下，二十世纪二三十年代，新诗如雨后春笋般涌现出来。自此以降，尽管偶有新、旧格律诗，但自由体的新诗风靡文坛，很快成燎原之势。经过整整一代人的努力和探索，到新中国成立前后，新诗逐渐成熟并成为中国现代诗歌的主体。新中国成立以后，新诗一诗独大，尤其上世纪八十年代后，诗坛流派纷呈，人才辈出。在海峡对岸的台湾地区，新诗发展也独树一帜，名家荟萃，就整体水平而言，不亚于大陆。

新文化运动开创的新诗，也叫现代诗，最显著的标志就是打破了古典诗歌的束缚，诸如格式、句法、韵辙、对仗、字数等，诗作者可以不拘一格，自由发挥，在形式上不受任何限制，以白话文作为语言手段，充分运用个性化的语言方式，轻松自如地表达自己的思想感情。

毫无疑问，新诗的出现顺应了时代的发展，与中国社会文化的变革紧密相连。新诗的产生，开创了一种新的文学体裁，实现了诗体解放，使中国诗歌进入了一个新的话语系统和艺术表现形式。它涵盖的内容深邃而又宽泛，既有现实主义又有浪漫主义。它的表现形式千姿百态，不断推陈出新，充分展现了诗歌艺术的张力。它打开了中国诗歌的新视野，促进了与世界文化的交流。此外，新诗采用口语入诗，不尚典雅，追求质朴，使诗歌走下了神坛，更为大众所喜爱。

诗歌，原本亦诗亦歌，是因为它源于民歌。从《诗经》直到清末，无论哪种形式的诗歌，一直保持韵律，可歌可吟。“诗，言其志也；歌，咏其声也；舞，动其容也；三者本于心，然后乐器从之。”(《尚书・乐记》)可见，传统的诗不仅能歌，还与舞、乐作伴。诗歌的这一多重特质，到新诗出现便终止。新诗虽然还叫“诗歌”，但只是诗而不能歌。尽管如此，新诗作为一种纯文学作品，它的文学性更加凸显，除此之外，因其崭新的形象而焕发出的活力与魅力，大大增强了诗歌的生命力。新诗从它诞生的那一天起，就与小说、散文、戏剧并列，成为中国文学的四大支柱之一。

我出生在二十世纪五十年代，虽然距离新诗问世已将近半个世纪，但小时候依然受着古典诗歌的熏陶。从小学到大学，身边总带着唐诗、宋词，而且反复死记硬背。直到上大学以后，我才接触新诗。因为专业是外语，大学期间读到了很多西方的诗，对雪莱、叶芝、拜伦、济慈等诗人的诗爱不释手。

大学毕业以后，我开始写诗。奇怪的是，尽管自小熟读古典诗书，提笔写的却全是新诗。年轻时精力旺盛，兴奋点多，信手几笔即可成诗，多半属少年轻狂之作，过了些年连自己也看不懂那时候自己写的诗。后来行走在履职途中，诗虽写得少了，却不曾断过。中年以后，脑海里又重现那些古典诗歌的名句，常借以化解心愁，排遣孤寂，兴致来了也依葫芦画瓢，做些古诗词。

一般说来，青年写诗，中年写小说，老年写散文。对我而言，小说始于青年亦终于青年，而诗和散文，从年轻时开始，一发而不可收，年龄越长，写作越多。此生如若还能写字，大概都会把诗和散文进行到底。

我之所以钟情于诗、执着于诗，是因为被它的灵性所吸引。从表面上看，诗歌是一种文字分行排列组合的作品，撇开字的声调、含义，单从每一行字的数量来看，有《诗经》的四字，唐诗的五字、七字，有宋词的长短句，还有新诗的任意字。特别是新诗，每一首诗，可以几行，也可以无数行；每一行可以一个字，也可以无数字，任由作者发挥和取舍，可谓笔与神游。千万别小看了字数变化，这不是文字游戏，而是语言艺术，确切地说，是一种心灵艺术。

诗歌无论哪种形式，都是为了表达内在的思想感情。作者利用有限的文字，通过语言的排列组合方式，来抒发对历史、人物、场景、人生的感悟。古人说“诗言志”，所谓“志”，指的是人的意愿、心声，所以，诗的每一字、每一句，都是作者内心的表白。著名的诗人马一浮曾经对诗作过一个形象的概括：诗其实就是人的生命“如迷忽觉，如梦忽醒，如仆者之起，如病者之苏”。学者兼诗人的叶嘉莹也曾经说过：“诗歌是一种生生不息的不死的心灵。”

读一首诗，就是在读一个人的内心；而写一首诗，就是在写一个人的灵魂。我之所以对诗持之以恒，其实就是一直在发掘内心的我；之所以一直在写诗，其实就是在不停地记述自己的灵魂。

我曾经零零星星发表过一些诗词，出版过一些诗词集，这次从过去写的诗歌中选了一百首，其中九十首诗、十首词，跨度从青春期到现在，内容有感时伤事、爱情别绪、思乡田园、咏史怀古、咏物杂感等，另附了两首译诗，汇成一本专集，意在对自己以往创作的诗歌做个总结。虽然我写诗几十年，但因本人才疏学浅，诗中多有误谬，还望读者见谅。

非常感谢叶橹老先生为这本诗集作序。叶老是中国著名的文学批评家，是诗评界的泰斗，德高望重。我二十多年前与他相识，后因我辗转东西南北，失去了联系。不久前我在故土高邮与他意外重逢。虽时隔多年，他今已八十七岁，但身体健硕，神清气爽，我们就像昨天才分别一样，一见如故，把酒言欢。我请他给这本诗集写个序，他当即应允。在序文里叶老对我多有褒词，深感受之有愧；而他一再自谦，足见其心胸旷达，大智若愚，对后生尤为关爱。

这本诗集里的几幅插画，是女儿茜娅的作品，专为这部书而作。多年前我曾有诗《女儿与我》，发抒父女之情，这次我把它收录在集子里。现在有了这几幅画，诗画相映，书可谓是父女合力的作品了。

特别感谢大众书局董事长缪炳文，缪先生多年来致力于文化的建树与传播，是国内少有的把文化融进市场又能相得益彰的智者，他对我的写作一直很关注，此次对本书出版更是鼎力相助。感谢江苏凤凰文艺出版社的编辑王娱瑶女士，她为本书做了大量精心的工作。

卢后盾

2022 年 12 月于 宜兴溪山 · 观湖

目　录

辑一　夏日青莲

辑二　终于遇见你

辑三　思乡

辑四　历史课

辑五　极简生活

辑六　词

附：译作

辑一　夏日青莲

春五首

春　光

以为逝去了
那些喜悦的　伤心的
那些美丽的　丑陋的
又在眼前重现

自然的时光　往复轮回
生命的场景　不也是
一次次拉开帷幕

春　风

一丝微弱的召唤
却暗藏无可抵挡的巨大能量

这一刻
死的　昏的　还有装睡的
都活过来　站起来

美　又来了

春　花

终于　你又睁开眼
露出粲然的微笑
好像昨日

可是　之前的花瓣呢？
那上面有我的爱恋
我的　刻骨铭心的爱啊！

春　蚕

我贪婪　贪恋绿色的温床
嫩绿的桑叶做的床

我没日没夜地贪吃
直到生命的最后一刻
把丝吐尽　作茧自缚
只为　回报你
做你的新嫁衣

春　游

着了浓浓的妆
备足腹稿　去往
无人的原野　把一首心诗
播撒在芳香馥郁中

不承想　来时匆忙
把灵魂丢在了路上
待回首　方知
是自己捉弄了自己

行行复行行　寻寻又觅觅
为何　蝴蝶不再落下　风筝不再飞起
原来　支离的　依稀的　清醒的
梦　已无法再续

春天的雨

春天的雨
雨润如酥　飘飘洒洒
如少女的吻
轻轻点在脸颊上
又好像一树花落
漫天飞舞　随风而行

春天的雨
和风细雨　滋润大地
把冬眠的万物唤醒
一个个勃勃生机
就连躲藏在最深处的昆虫
此时也不安静

春天的雨
两三点雨　聚化成霭
近看细若抽丝

远眺云烟氤氲
在似与不似之间
把大地化成水墨丹青

春天的雨
滴滴答答　叮咚呢喃
敲打在窗棂和芭蕉叶上
犹如多种乐器的和弦
又仿佛是天地间的交融
所发出的天籁之音

春天的雨
梨花带雨　妩媚撩人
垂柳依依雨作伴
雨随风去花作雨
有女雨中来
伞下更英姿

春天的雨
淅淅沥沥　无声无息
来无影去无踪
不知何时开始　何时结束

恍如飘忽的长者
又像淘气的精灵

春天的雨
雨恨云愁　缠缠绵绵
忽而丝丝寒冷
忽而阵阵暖流
是在表达一种心绪
还是传递一份恋情

春天的雨
好雨知时　沾衣欲湿
寂寞小道上的行人
顶着纷纷扰扰的细雨
你走它也走
你停它也停

春天的雨
云来雨去　变幻莫测
可令水光潋滟
可令山色空蒙
天神轻轻一挥
东边日出西边雨

三月的风

三月的风　迷人的风
我踏着你的足迹寻梦而来

你是快乐的天使
只要你来了
河边的杨柳婆娑起舞
田边的小草欢呼跳跃
燕子重新装饰小屋
布谷鸟又唱起那首古老的歌

你是色彩的神
只要你轻轻掠过
先是有了绿色
然后有了梨花　桃花　油菜花
再后来　大地五颜六色

整个世界因你而绚丽多彩

三月的风　迷人的风

我踏着你的足迹追梦而去

雨　夜

雨夜
水滴敲打着窗棂
嘀嘀嗒嗒
雨水流到院子草地上
引来了青蛙

青蛙
仰天放开了歌喉
咯咯呱呱
歌声传到屋后树梢上
惊醒了杜鹃

杜鹃
怅然发出了悲鸣
归去归去
哀声落到古筝琴弦上
感动了琴娘

琴娘
轻轻推开了窗户
吱吱嘎嘎
情思飞向对面屋檐下
扰乱了书郎

书郎
正在手捧着诗卷
琅琅锵锵
忽见倩影映在玻璃上
装饰了雨夜

夏日青莲

夏日青莲
　　翠绿莹白相印
　　是大师的画
　　是画中的那点魂

夏日青莲
　　玲珑剔透娇艳
　　是少女的梦
　　是梦里的那片田

夏日青莲
　　凌波袅娜如幻
　　是飘逸的虹
　　是虹内的那道光

夏日青莲
　　亭亭玉立幽香

是寂静的韵

是韵外的那缕烟

夏日青莲

冰清玉洁独秀

是迟来的醒

是醒后的那瞬间

荷　夜

在静静的夜晚
在散发着幽香的荷旁
绵绵情意温柔了夜

慢声细语
汇成一部诗章
月落星沉
所有故事才开始

眼前的小荷
等不及白昼先已绽放
池边的脚印
已不记得来时的路

生命中的那一夜
夜晚的那片荷
从此　刻骨铭心

银杏赞(歌词)

银杏美，银杏娇。
你树高千丈，
浓密的树阴把人间怀抱。
从冬到夏苦修炼，
只等大雁南归秋天到。
不怕寒露和霜打，
傲立群芳迎风笑。
万木萧疏自多彩，
一美惊人更比他人俏。
啊，更比他人俏。

银杏美，银杏娇。
你片片含情，
金色满地带给人间欢笑。
东西南北把根扎，
只等秋尽冬来随风飘。
疏影暗香从天来，

牵云弄雨自逍遥。
谁说落叶不美丽，
一美惊人让江山多娇。
啊，让江山多娇。

落雪的声音

一片雪花
从天空慢慢落下
轻歌曼舞　最后
使尽全身力气　飘进
一个人的耳朵里
对他发出临终的叹语
我是你　生命旅程中的
一滴水　而你
是我生命的　归属

露夜的思

夜幕下的世界属于思想
有形于无形之处
有声于无声之中
混沌中蕴藏着清晰
恍惚间闪耀出明智

是月统治了整个夜晚
月亮悬在苍穹　此时
杜甫想到了共清辉
苏轼想到了共婵娟
月光落在地上　那是
李白的霜还是赵嘏的水
把山河涂成一色
错落有致的树影
婆娑搅动黑白　黑白装点婆娑
一个迟归的老僧敲门
惊醒树梢做梦的鸟

花丛在寒风中瑟瑟
叶儿裹满凝露
花瓣最后一次颤舞　然后
沉睡于大地
远处传来子规的啼鸣
那是杜宇的哀号
还是华彦钧的悲愁
清清小池边发出一点光
来自檐下窗帘里的一盏灯
是勤奋的学子在耕耘
还是相思的少妇在等候
山涧的小溪潺潺不绝
似滴水梵音又似百流交响
溪水流向山下的郁郁累累
流入黄河　流入长江
直抵故乡的海

这夜啊　死寂而又灵动的夜
唯有在这暗色里
我会变成一颗星
一颗随风飘舞的星

夜　莺

——为雅尼的同名乐曲而作①

夜幕徐徐拉开
所有的光臣服于星星
所有的喧嚣让位于静谧
天地仿佛混沌初开　四野空蒙
此刻　一只小鸟
展开清脆的喉——啾啾
琤琤琮琮　玲玲珑珑
瞬间　黑的夜又明亮起来
死的夜又活了过来
它　就是夜莺

它的声音婉转曲折
恁远恁近　或高或低　可长可短
忽而似山涧的泉滴　温润轻盈

---

① 雅尼(Yanni Chrysomallisi)，1954 年 11 月 14 日出生于希腊，后移民美国。著名的作曲家、键盘演奏家。

忽而像奔驰的马蹄　疾风骤雨
舒缓时　宛若牧童吹奏短笛
高亢时　犹如女高音仰唱花腔
天生一副好歌嗓
自叹弗如的不仅有同类　还有人类
最奇的是　这声音
只有夜色才能传递

每当夜色降临　清风朗月
便响起它的歌声　余音缭绕
余音飘到树林
同伴们只管聆听却不与和
余音飘过河川
河水为之驻足　不忍离去
余音飘入夜行者的耳中
虽有几分感伤　却除去一身疲惫
余音飘进千万人的梦里
冰枕寒床顷刻化为五彩祥云

夜苍苍茫茫　月朦朦胧胧
因为它的歌声
夜很透明　黑很美丽

因为它的歌声

月充满活力　静让人神怡

它是梦的伴侣　夜幕的诗

是上天的使者　专司吟唱的歌神

听着它的天籁之音

澎湃　在血管里

激荡　在无尽的长夜里

夜莺　夜的精灵

无论月明气爽　还是夜黑风高

只管独来独往　逍遥自在

它的世界永远没有孤独　没有寂寞

生来只知道快乐　只爱歌唱

以荒野为家　与黑夜作伴

天下之大　才够展翅翱翔

万籁俱寂　正好啸傲山湖

三更过了是五更　伴随暗夜到尽头

再一同藏匿在黎明的曙光里

风之语

风，静悄悄，在和谁说话？

风对枯树说：醒来吧
于是大地焕发了新春
风对云彩说：我来推你一把
于是阳光铺洒在人间
风对雪山说：用我的吻换你温暖一笑
于是山下小溪潺潺
风对大海说：我们一起跳舞吧
于是海上掀起了波涛
风对庄稼说：贪玩的孩子该回家了
于是谷子成熟进了粮仓
风对恋人说：月夜当心着凉
于是他们紧紧依偎在一起

风，静悄悄，在和你我说话

鸟之愁

我天性自由　无拘无束
生来不知愁滋味
人们羡慕我
自幼衣食无忧
天高任鸟飞
地阔任鸟走

可是啊
天再高　我只飞了一尺
地再阔　我只走了一步
一年四季任由风吹雨打
不时的饥寒交迫尚且忍受
最可怕的
是那些人工布下的网
有谁知否

叶之乐

上天早已把剧本写好
我只做一个配角
观众的目光永远聚焦在舞台中心
那些绮丽的花朵　伟岸的枝干
殊不知　它们
不是在我的怀抱中
就是在我的衬托下
从一开始一直到结束

我用一丝嫩绿打开春的窗户
然后不停地追索阳光
一路绽放　绽放
直到把地球染绿
终于有一天我的生命耗尽
即使到了遍体鳞伤
也要精神抖擞　然后
翩然而下
把大地装扮得五彩缤纷

闪　电

小时候　听到雷声
我奔向旷野　伴随狂风暴雨
去追逐你
　　——闪电

你先是黑暗中一道最亮最美的光
随后是天地间最动听最嘹亮的打击乐
或缓缓而来　似远似近
或猝然而至　山崩地裂
无论哪种声音　都令地球生物神魂颠倒
接下去　你在天穹开个洞
把雨水淋了一地球
让江湖有了用武之地
连大海也为之热血沸滚

你的光　你的声　你的雨
是在向宇宙告示

地球是我的　我的领地
岂容他人染指！
夸父追日　追不上你的光
女娲补天　补不了你的洞
共工治水　治不住你的雨
任凭地老天荒　你永远
闪烁在万里长空

如今两鬓如霜　听到雷声
我立在窗前　透过狂风暴雨
去欣赏你
　　——闪电

彩　虹

我从天上来

　　身披霓装脚踩日光

牵着嫦娥和七仙女

　　结伴到人间

我从海上来

　　海诞生了雨

雨是我的母亲

　　母亲在哪里我就在哪里

我从人间来

　　中间再高两头连着大地

那绚丽的七彩

　　只有在人的视觉里

我从仙境来

海市蜃楼是我的邻居

来无影去无踪

你我只能不期而遇

四象化四品

梅

把美好的季节让给同伴

不与百花争艳

只奔严寒而去

树叶落尽　万木萧肃

静候漫天大雪

我自昂首傲立

兰

生来不招人眼目

或夹于百草

或隐于山谷

清逸寡欢　暗自吐蕊

唯有淡淡幽香

我且孤芳自赏

竹

牢牢扎根在土里

不畏风吹雨打

不图色彩俏丽

日月轮回　四季变换

只管往上攀升

我自向天挺拔

菊

从春到夏再到秋

等候秋暮霜落

等到百花凋零

叶叶玲珑　瓣瓣冷艳

芬芳却不妖娆

我自独守清雅

四　季

春天把温润传递给种子
种子把能量传递给嫩芽
嫩芽把魅力传递给花蕾
　　蕾也妩媚
　　花也妩媚
犹如少年　浓妆淡妆不是妆

夏天把烈焰传递给树叶
树叶把活力传递给枝条
枝条把疯狂传递给满树
　　动也激情
　　静也激情
犹如青年　心醉情醉身不醉

秋天把丰硕传递给果实
果实把成功传递给树林
树林把华彩传递给大地

红也迷人
黄也迷人
犹如壮年　解人解世解风情

冬天把风霜传递给归雁
归雁把希望传递给冰雪
冰雪把孕育传递给枯枝
盛也泰然
凋也泰然
犹如老年　无风无雨也无晴

相遇不如错过

街头的风
巷尾的雨
一个匆匆而来
一个促促而去
偶尔相遇在一起
彼此激情四射
一阵疾风骤雨过后
留下一路狼藉和愤懑
自己也遍体鳞伤
风对雨说
相遇不如错过

街头的风
巷尾的雨
一个徐徐而来
一个缓缓而去
偶尔相遇在一起

彼此含情脉脉
一阵和风细雨过后
留下一路缠绵和惆怅
自己也难舍难分
雨对风说
相遇不如错过

辑二 终于遇见你

终于遇见你

一路走来　寻寻觅觅
只为找到灵魂的另一半
终于在一个黄昏
你我相遇在一起
那一刻我们相依相偎
就像白天与黑夜
从此
只有一个时间

每当太阳升起
你走入我的心房
把欢笑涂鸦在我脸上
每当夜幕降临
我躲进你的怀中
用缤纷去装饰你的梦
从此
只有一个空间

爱情不需要时间

它没有开始　也没有结束

快乐不需要空间

它只在两个人心里

任凭未来命运多舛

无论前方路有多长

从此

只有一双脚印

倩　影

小巷拐角有一束玫瑰
鲜红欲滴　在不停地跳跃
它摄去了我的魂
我飞奔过去
它却没了踪影
只留下淡淡的幽香

我转过街角
地上有几片花瓣
空气中飘散着迷人的气味
是那玫瑰的香
一阵微风吹来
只见空灵一闪
有个倩影将我紧紧裹住

微笑的女孩

很久以前抱你在手
那时你不会说话
只把一个微笑给我
从此　我记忆里保存一束阳光

今天远远看见一张微笑的脸
在舞台上拿着麦克风
直到走近我跟前
蓦然想起　你就是那束阳光

阁楼上的姑娘

在这幽静的古镇
小河旁的阁楼上
面朝对岸的石拱桥
你凭栏伫立
如石雕般玉洁冰清
无论船来船往　人来人去
你始终静默远望
任手中的丝带在空中飘曳

远离红尘喧嚣
只听见时间的脚步声
往事成云烟
忧愁随风去
就让所有的过去
随着脚下流淌的河水
一去不复返
只留下
永远没有终结的梦

粉红色的女人

你婉婉走来
走上那座石桥
阳光下　只见
粉红的旗袍　粉红的纸伞
桥上桥下瞬间流光溢彩
河水因你而停留
它要留住这美艳的一刻

你注目远视
如天使的雕像
空气中　传来
青春的活力　少女的妩媚
就连空旷的田野都被激情燃烧
你不期然一回眸
迷乱了远处一个人的心

枫丹白露女郎

Arrêtentz![1]

一声吆喝，女孩风一般骑马到跟前

一蓬金发散落胸前，闪闪发光

粉白的脸上两只蓝眼睛，炯炯有神

金发把地上的树叶涂成金黄

蓝眼睛让蓝天、碧水为之动容

塞纳河水缓缓流淌

女孩静静坐在岸边的石头上

心思伴随着河水跌宕起伏

已是深秋，一阵寒冷的风吹来

她把瘦小的身体裹进外套里

少顷，她靠近我

“我把外套给你，你把胸怀给我”

于是，我抱紧她

我把温暖给她，她把芳香给我

---

① Arrêtentz，法语，意思是停。

“去枫丹白露宫吧！”

她嘿嘿一笑，起身走到马前

“宫里有拿破仑的阴魂，还有

女神，塞纳女神[①]”

说完飞身上马，一声喝令

金发在马背上翩跹，整个森林随之荡漾[②]

女孩很快消失在橡树林中

---

① 相传在法国东北部朗格勒高原的塔塞洛山里住着一位名叫“塞纳”的女神，她白衣素裹，终日半躺半卧，手里捧着一个水瓶，水瓶里的水不停地溢出，形成小溪，由此成为塞纳河的发源地，塞纳河也因此而得名。

② 指枫丹白露森林，位于塞纳河左岸。

普罗旺斯的紫色

曾经　我把所有的期许
都种在这片紫色的田里
从巴黎到普罗旺斯
从冬天到夏天
从一片青绿到一片淡紫
再到　天地间开满紫色的花
我默默祈祷　苦苦等待
就因为　在那个紫色的梦中
于阡陌小道的尽头
有一缕袅袅轻烟
带着天堂的味道
来到我的面前
然后　我们一起化身在
这片紫色的海洋里

红色的风

淘尽其他颜色　只剩下
红　红色的风

你是红色的风
风驰电掣　一往无前
一如夏日的风
把空气点燃　把花木染红

意识　是广袤的草原
步履　是脱缰的烈马
自由自在地奔腾　哪怕
满身的创伤　一地红色的血

明知爱是一团火
却义无反顾扑过去　似飞蛾般
即便烧成粉末　灵魂依然
是炙热的　红色的

冬日里　毅力化成一堆篝火
把冰雪融化
黑夜里　激情化作一道流星
天际间闪烁一片红

你　是红色的风

梦　境

清晨醒来　梦境依然清晰
一汪湛蓝的湖水
一只漂泊的小船　在水中央
船上的你　亭亭玉立
面向着湖面上的雾
渐行渐远　最终
消失在雾里
我　在梦里

　　是船带走了你　还是
　　你带走了小船
　　如同明月牵着清风
　　你在走　我也在走

清晨醒来　梦境依然清晰
一条弯弯的小路
一间草盖的小屋　在路尽头

屋顶炊烟　袅袅升起
直向着蓝天里的云
若隐若现　最终
消散在云里
我　在梦里

　　是小屋留住了你　还是
　　你留住了小屋
　　如同灯塔守望行船
　　你在盼　我也在盼

无数次的梦　同一个梦
　　一梦到天明　再梦到白发
终有一天　梦醒后
　　你我能够相逢

生命中的一束光

百花盛开　落英如雪
于万花丛中　一朵无名的小花
在一个角落默默地开着　等待
我走过去　轻轻地抚摸
然后坐在她旁边　看云舒云卷
一起回忆往事

记得那个夏日黄昏
在人潮如涌的街上　猛然
人群中一双明眸投来一束光
这束光穿过我的天庭
直达我的心脏
就在那一刻
我的世界豁然清朗

那一刻
犹如平静的海面涌起波涛

一股雷霆万钧的力量破浪而来
那一刻
原本无月无星的黑夜骤然明亮
举目之下灿烂光明
终于明白
千万次众里寻他
竟是为了夹杂在千万人中的这束光

从此
我的生命不再黑暗
灵魂不再孤独和寂寞
这是上天给我的恩赐
我要用余生来陪伴这束光
就如同身边的这朵小花
彼此相望　静静守候
直到　生命的尽头

唇

谁带走了我的初吻？
女孩问月亮
月亮问风
风问含羞草
含羞草说
　答案在他的唇

谁偷走了我的心？
男孩问太阳
太阳问云
云问青山
青山说
　答案在她的唇

海边的吻

大海吻沙滩
吻出一道长长的海岸线
海里是蓝色的秋波
岸上是白色的温床
两者形影相随

云彩吻海水
吻出一条远远的天际线
天空是火红的云霞
海面是汹涌的波涛
水与火的碰撞

海雾吻大地
吻出一道绚丽的彩虹
这头是人间美少年
那头是海中美人鱼
彼此魂牵梦萦

我吻你

吻出一生真挚的爱情

我是一腔炙热的血

你是一颗赤诚的心

立下海约山盟

激情时刻

这一刻
你才真的属于我

你火一般地扑进来
后脚跟把门砰地踹上
然后慢慢脱去衣服
好像刚蜕壳的蝉
赤裸着在地毯上旋转
露出甜甜的笑靥
我把脸贴近你的乳头
你要我再靠近些
屋子里的空气在颤抖
时间戛然窒息
你把血红的嘴唇印满我全身
然后跳到窗前
对着窗外猛呼一口气

街上的树叶立刻被染成红色

这一刻
你才真的属于我

七夕之夜

七夕的夜，多星的夜
午夜十二点
情人披着星戴着月去约会
浪漫而又凄楚的约会
途中遇一条河，天河
星汉迢迢，可望不可即
悟空十万八千里也不能越
上天命鸟神出手
让情人鹊桥相会，遂成夙愿
情人舍白昼取暮夜
趁着月黑风高去谈情说爱
可叹！ 情难，做情人更难
看来天国苟同人间
除非明媒正娶
其他男女之情归为另册
见不得光，情人相聚只能
在天晦夜暝之时

且一年一面，铁定在七月初七
好不凄凄惨惨戚戚

七夕的夜，多星的夜
午夜十二点
鹊桥，鹊做的桥，聚众成桥
可爱的喜鹊，可怜的喜鹊
多亏了它们鼎力相助
情人才度过天劫
只是，上天为什么不派其他神
把鹊桥换作木桥、石桥、铁桥
一劳永逸，一年三百六十五日
任由情人相会
鹊桥，秦观的桥，点墨成桥
只给情人一朝一暮，而非朝朝暮暮
贵为情圣，堪比鸟神
只是，既为有情人
为何不能朝夕相处、长相厮守？

湖边的孤独

我站在冷风中
望着静静的湖面
你说你是湖水
我是湖上的一叶小舟
你化湖水为彩虹
我在虹的高处
驾着爱情鸟翱翔天空　去往
梦的天堂　在那里
你我相依相偎在一起
永生永世不分离
可如今　在这冷风中
只有我　孤独的一个人

今生的使命

爱　是两颗心的融合
一旦合上了
再也不能分开
假如分开　从此
心　就碎了

我爱你　犹如射出的箭
再也不会回头
无论是你俏丽的容颜
还是衰老的皱纹
我都深爱着　一如当初
唯有这样　当我死时
我才无憾地告诉上帝
我完成了　今生
来到这个世界上的
　　使命

爱之死

如果这个世界上
连爱情都可以背叛
还有什么值得留恋
就让所有爱的诺言
成为一片薄纸
在烈火中化为灰烬

早知这是一场演习
只有虚幻的前方
所有场景都是刻意安排
你何苦出发时信誓旦旦
又何必当一个逃兵
我宁愿你转身之前
用你手中的利箭
直刺我的心脏
就因为——
　　我爱你！

情　殇

如果你看到天空飘着雨

　　那是我泪洒大地

如果你看到太阳是红的

　　那是我血溅长空

如果你听到雷声

　　那是我在呼唤你的名字

如果你看到山洪

　　那是我对你爱与恨的奔流

从此

无论白天还是黑夜

都会有一双眼睛

在看着你的灵魂

我会独自守着那份思念

在孤寂中死去

真爱种在心里

你转身而去
把背影留下
我一点一点收集你的脚印

你把梦带走
把云留下
我和云慢慢叙说昨天的故事

你把风带走
把雨留下
我用雨编织成一抹彩虹

你把风筝带走
把线留下
我把线牢牢系在心上

你把掌声带走

把舞台留下
我依旧扮演剧本里的角色

你把收获带走
把田地留下
我在土里种下浓浓的思念

辑三 思乡

思　乡

又是一个宁静而长长的夜
月光牵着我的脚步
梦渡我回到故乡
走在开满野花的小路上

人生的路
我走了一条又一条
却再也找不到
回去故乡的路

四季的风
伴我一程又一程
能够把心抚平的
唯有儿时的风

小时候故乡的地平线是平的
平平的土地　坦坦的河流

现在那里地平线是凹凸的
那些高的低的　新的旧的
是一座座坟茔
在梦里　昏黄的灯光下
母亲吃力地纳着鞋底
不小心将手扎出血来
我慌忙奔过去
荒原上只剩孤零零一棵树

亲水的高邮[①]

一泓湖水紧挨着一座城
　　湖高，城低
一条大河流过一片平原
　　河高，原低
与一湖一河相守相望
　　东海，龙王
在湖水、河水与海水之间
　　水城，水乡

这里的先祖逐水而居
后人与水为善，依靠水的滋养
润泽众多贤良，积淀一方文化
秦少游、汪曾祺与水结缘，以水作文
湖蟹、双黄鸭蛋以水为生，借水扬名

---

① 高邮，地处长江三角洲，因秦代筑高台、建邮亭而得名，为国家历史文化名城。历史上名人辈出，古有秦少游，今有汪曾祺。城市建于高邮湖、京杭大运河畔，全市水域面积占总面积40%，素有“水城”“水乡”之称。

秦时的邮城，今为世界文化遗产大运河之明珠
蒹葭苍苍，在水中央
百里烟水路，串成独特的风景

曾经，河水青青，水绿如蓝
人和鱼虾在一河嬉戏，共饮一河水
纵横交错的小河里挤满往来的木船
偶有河中不安分的鱼一跃而入船舱
节奏均匀而又悦耳的桨声昼夜不停
渡口是寂寞长河中最热闹的地方
码头在漆黑的夜里永远亮着灯
比外祖母年纪大的石桥或木桥上
时常有牵着水牛和打着油纸伞的人走过
河水不停地流，河的景色不停地变换
春天垂柳入水，夏日荷花出水
秋天菱角茂盛，冬日芦花苍凉
年年四季轮回，岁岁循环往复，唯有
桥头依依的炊烟和岸边转动的风车
从不改变

直到那些年
现代工业蓬勃，乡镇企业兴起

城市污染乡村，大河污染小河
短短十几年，河水浑浊，河床淤塞
没了鱼虾，少了船只，更有小河成平地
河边炊烟灭，风车消逝
乡民纷纷涌入城市
年轻的一代已不知道水乡什么模样
就在水乡即将进入历史课本的时候
河水似乎被投了净化剂
水质开始慢慢变清
久违的鱼虾重游故地
但愿与我童年一起游泳的鱼
或是那些鱼的后代
能找到认祖归宗的路
回到当年水清草盛的水乡
继续繁衍生息

江南女子

中国有江南，江南有女子
有江南女子，江南才是江南

江南好，好江南，最好江南女子
自古富庶之地，商贾云集
她们从粉墙黛瓦中走出
走过石板巷，走过石拱桥
桥边杨柳袅袅，千里莺啼
她们裙裾飘飘，面如桃花
　　西施从画中来
　　苏小小从诗中来
淡淡的水墨画，浓浓的中国风

江南美，美江南，最美江南女子
自古水乡泽国，小桥流水
她们从绿水烟波中走出
走过秦淮河，走过西子湖

湖边疏影暗香，浅墨清韵
她们在水一方，翩若浮云
　　柳如是才谢幕
　　陈圆圆又登场
一样的美艳，不一样的诱惑

江南梦，梦江南，最梦江南女子
自古崇文重教，名人辈出
她们从书香门第中走出
走过苏堤白堤，走过二十四桥
水边吟诗作词，琴棋书画
她们温婉多情，恬静高雅
　　李香君在抚琴
　　董小宛在吹箫
醉了路边行人，醒了天上月亮

江南忆，忆江南，最忆江南女子
自古乐善好施，兼济四方
她们从朱门市井中走出
走过拙政园，走过东关街
街边酒旗招展，乌篷穿梭
她们素妆淡抹，家国情怀

赵飞燕去中原
孙尚香往西蜀
手无缚鸡之力，心有天下担当

中国有江南，江南有女子
没有江南女子，江南不再是江南

清明节随想

天苍苍　地茫茫
秦皇汉武拓疆土
唐宋明清换玉符
谁问苍生死活
　一代又一代

烽烟起　号角吹
无数男儿赴沙场
保家卫国显英豪
抛洒鲜红热血
　一腔又一腔

月色中　柳阴下
鸳俦凤侣诉衷情
生离死别催断肠
嗟叹未了情魂
　一对又一对

光阴转　人世变
水流千里归大海
人活百年入黄土
留下荒凉坟冢
　一堆又一堆

风凄凄　雨潇潇
亡灵有知感天地
万家出门祭鬼神
抛撒漫天纸屑
　一片又一片

梦见母亲

昨夜的梦
渡我回到母亲身边
在茫茫的旷野，寒风扑来
母亲紧紧攥住我的手，为我挡风
四周霪雨霏霏，唯我衣干不浸
偶一回头，母亲在身后撑着一把伞
冥黑的夜，无尽的边
然而，母亲脸上的慈祥
恰似一盏明灯，永不熄灭的灯
照耀在前方的路上

恍然醒来
屋内暝色一片，窗外月光惨淡
孤寂的我，守着长长的夜
枕巾不知什么时候已湿透
梦里贪恋母亲的音容笑貌
醒后踪影全无，怆然涕下

床前的月光提醒我，母亲已逝
三年前葬你于故乡
在祖茔的一块石板下
从此，你尘封在天堂的大门里

今我亦老
却时常追忆童年，思念
风雨中母亲的衣裳和雨伞
即便到了耄耋之年
倘若母亲在
还会是一个孩子，因为
母爱是儿女终生的摇篮
自从看到孩子初生的模样
母亲便刻骨铭心，永世不忘
母亲一走
这份记忆随之去了天国

外婆门前的小木桥

嘎吱吱，晃悠悠
小木桥，外婆门前的桥
一尺宽，两丈长
如一根独木，悬于半空
只够一人行走，边走边颤抖
孩童眼里，那是一座生死桥
到了桥头不敢挪步
好在每次母亲都在身旁
她前我后，大手牵小手
一步一步，走向桥的那一头

嘎吱吱，晃悠悠
小木桥，外婆门前的桥
云在天上走，水在脚下流
成群的鱼儿在河中游
母亲说，走在桥中央
伸手可摘云，跺脚可踩鱼

如此，忘了恐惧
母亲说，过了这座桥
东边可采莲，西边可采菱
于是，有了希望

嘎吱吱，晃悠悠
小木桥，外婆门前的桥
曾经，外婆从桥上牵手的小女孩
长大后成了我的母亲
后来，母亲从桥上牵手的小男孩
过了桥便去了天南海北
走过的桥有千万座
却总忘不掉那座小木桥
因为，它是人生的第一桥
是母亲桥，母亲的母亲桥

江头江尾

山城脚下的江水奔腾而去
流向下江，流往大运河
流进里下河的每一寸土地
游子的心伴随它在那里驻足

我拾起岸边的一片树叶
让它平躺在水面
叶，急速地漂走
走吧，知恩的树叶
这里虽是江头
太阳却升起在江尾
是阳光催生了你，哺育了你

二十多年前命运引我来到江这头
以为只是人生的一个站点
不曾想竟一站到底
成为山城根的一块望水石

看着奔流不息的江水
终于明白　水流千里
每一处是起点，也是终点
时光如梭，江水如斯
昔如青丝今如霜
青山依旧，人难回首
江水在流，我的思念在流
一直流到
曾经生我养我的江那头

中秋的月

中秋的月，是宁静的月
银色统治下的世界
万物萧疏　万籁俱寂
伴着长夜
鸟在树上栖，人在梦中游

中秋的月，是孤独的月
长空万里独一月
投到人间成一色
放眼周遭
天宇的清幽，大地的苍凉

中秋的月，是温馨的月
月光落入树梢
树影映入水面
水边树旁
清清百草味，浓浓桂花香

中秋的月，是迷人的月
月光映照山河
山隐隐水蒙蒙
远近传来
悦耳的箫声，凄凉的鸟鸣

中秋的月，是浪漫的月
月光铺满小路
男女你侬我侬
花前月下
情人的细语，伴侣的心声

中秋的月，是思乡的月
月是故乡明
千里共婵娟
举目相望
飞远的归鸿，飞不走的游子

生命如风

生命如风
淡淡地来　又淡淡地去
来时　不知何处
去时　不知何方
只为一帘幽梦

生命如风
悄悄地来　又悄悄地去
来时　一无所有
去时　一无所留
只为曾经相逢

人　生

从蹒跚学步
到步履维艰
一生究竟穿过多少鞋
　　脚　知道
　　路　也知道

从志在千里
到志得意满
一生究竟做过多少梦
　　醒　知道
　　醉　也知道

从第一次摔跤
到后来无数次伤痛
一生究竟流过多少泪
　　风　知道
　　雨　也知道

从在母亲怀里撒娇
到捧着母亲骨灰盒去墓地
一生究竟经历多少离别
　　山　知道
　　河　也知道

从满头青丝
到皓首苍颜
一生究竟度过多少光阴
　　日月　知道
　　唯有我　不知道

人生如戏

天边一抹晚霞
那是绚烂之后的宁静
叶上一滴水珠
那是风雨之后的标记

人生从一开场
坐看云卷云舒
伴随花开花落
无论奋进还是蹉跎
不管喜悦还是悲伤
终究一个结局：谢幕
冥冥中有一只看不见的手
早已编排好剧本
剧本里有舞台、场景、人物、情节
只让每个人去扮演他的角色
当大幕徐徐落下
每个人只要对自己说

在过去的这场戏里

我，演好了！

在冥冥者的眼里

人的生命犹如划过的一根火柴

无论发出多大的光

这光终将要熄灭

化为一缕青烟

家

生命在母亲肚子里，母亲在家里
母亲和家，同为生命的摇篮
小时候，家是乐园
兴起时，在父亲的肩上揽月
疲倦时，在母亲的怀里做梦
长大后，家是驿站
如觅食之鸟，日出而行，日落而归
再后来，别了老家进了新家
家成为后盾，身有所栖，心有所依
再多操劳忙碌，回家可以歇息
无论雨急风寒，回家就有温暖
任凭惊涛骇浪，回家就进入了宁静的港湾
走遍四面八方，才知道任何地方都是他乡异域
尝尽山珍海味，才知晓最美佳肴是家中粗茶淡饭

母亲孕育孩子
家培养后代
岁月增长年轮
家塑造品性
一个家，如同山涧小溪
涓涓滴滴，细水长流
亿万小溪汇成大海
亿万家庭组成人类
那些远走他乡的游子
梦，永远牵着家那头
一路沧桑，一生苍茫，却不能回头
唯有灵魂还记得自家门口
常常回到家中亲人身边
慰藉他们的思念

女儿与我

多年前清晨一声婴儿的啼哭
宣告了你的诞生，开启了我的新生
也奏响了你我的交响曲

刚刚还一屁股坐在我的臂弯里
脚伸在腋下，头枕在掌心
转眼间，已是亭亭玉立的淑女

记得你蹒跚学步，我在前你在后
你踉踉跄跄，不知痛滋味
后来你健步如飞，你在前我在后
我紧跟你，追踪你的脚印
如今你独自前行，向着太平洋彼岸
昂首阔步，不及回首
留我守着你的摇篮发呆
怏怏然把玩你扔下的玩具
渐渐地，我变成了顽童

——一个白发的老顽童

长大的孩子如同长了翅膀的鸟
总是要飞出去
去山间觅食，去大海逐浪
去广漠无垠的天空翱翔
而我，守着这具象又抽象的鸟窝
默默地为远飞的鸟祈祷，心之所及
及你所到之处，及你的脚步
或许有一天
远行的倦鸟会回巢来歇一歇脚

芦苇花

秋水长天，寒鸦万点
一片苍茫的蒹葭
在寒风中轻轻曳动
飞花缤纷，如云影飘荡
寂寞中战栗，战栗中寂寞
花起花落，漫成离愁满天
流水绕枯洲，速来速往
岸上送别的脚印，一串又一串
亲人分别的泪水，一行又一行
远去的伊人，何时是归期
蒹葭默默等候，空自悲切
从春天到冬天
从这场雪到下一场雪

风　车

童年的风车
在山明水秀的田野里
在村姑的歌声里
炊烟遮不住
　　风可听见
　　云可看见

后来的风车
在有郁金香的国度里
在公园的角落里
记忆挥不去
　　星可听见
　　光可看见

现在的风车
在收藏古董的暗室里
在儿童的绘画里

冥想不可及

梦可听见

寐可看见

重庆印象

一

青山焕颜　烟雨纷飞
极目远眺　依旧是
远古的巴山夜雨
五湖移民　四海迁客
人流如织　宛然是
后照[①]的后人

二

城在山上　山在云上
城中有山　山中有城
你在山顶云端
城在江边　江水环绕
城在峡谷　迷雾缭绕
你在水里雾里

---

① 后照，巴人的祖先。《山海经·海内经》：“西南有巴国。太葜生咸鸟，咸鸟生乘厘，乘厘生后照，后照是始为巴人。”

三

在错落的山城巷
你我不期而遇
以为只是擦肩过
再一回首
那娇媚的眼神　妖娆的身段
已深深揳入我的心里

四

围着热气腾腾的火锅
顶着炙热的骄阳
吃一碗麻辣烫
化成火热的心肠
不远处的朝天门
隐约传来古老的船工号子

月亮山下月儿明

今夜一轮明月
把月亮山照得通明
那弯的山洞竟是神秘的月亮门
过了那道门就是嫦娥的宫阙

山下一片清辉
幽冥中藏着激荡的精灵
溪水在树林下急速地流淌
蛙鸣和鸟啭此起彼伏

四声杜鹃，四声一度
“不如归去，不如归去！”
凄厉又哀婉的声音长鸣在长夜
催促游子踏上归程

不远处漓江边的霓光绚丽多彩

先被大榕树收去了一半

剩下的，与今晚的月光融在一起

从山顶一直铺洒到山下

辑四 历史课

历史课

听老师上历史课

　　龙的传人

　　炎黄子孙

问左右同学　龙种皇亲何在

秦始皇统一六国

　　先拆国界

　　后修长城

国界给前人　长城给后来人

大运河贯通京杭

　　皇帝南下

　　财富北上

一千五百年　河水依旧向北

历朝历代昏君多

　　明朝不明

清朝不清

朱门有酒肉　谁管黎民死活

各领风骚三百年

唐诗言志

宋词抒情

文学双子星　如今依然最亮

千里江山数青绿

宫墙太红

寺壁太黄

繁华终须散　只剩高山流水

起点与终点

起点
费思量
找寻方向
设定好路径
然后竭尽全力
耗费一生的时光
一路坎坷抵达目标
终于发现所得非所愿
静思默想方才明白
那些苦苦追求的
莫须有之路
从一开始
就没有
终点

沙　漏

所有一切看似充盈满载
暗地里却在慢慢消逝
它们原本就不存在
人们拼死留住它
在与时间拔河
可命如抽丝
终归黄土
转瞬间
只剩
无
有
一秒
成一日
日月永恒
昨夜到今晨
流星后有星流
诗还是李杜的诗

地还是盘古开的地
生命轮回如昼夜交替
希望恰恰孕育于失去中

端午怀屈原

又到万家粽香时
粽叶清醇四溢，粽瓤白莹如玉
那是你的香草，你的美人
水上龙舟竞渡，条条划向汨罗江
激荡的楫棹声在喊：你今安在？

你上下求索
以为路漫漫，竟是无路可走
你忧国忧民
怎奈楚地虽广，却容不下一瘦弱之身
最终是冰冷的楚水接纳你傲骨壮志

你变法革新
却敌不过旧势力的固封
更堵不住小人的谗言
怀王客死，国将不国
终没人将你从放逐江南的路上叫回

流放坚定理想，悲愤拓展想象
一路沉思一路高歌
身后留下不朽的楚辞
从此，中国有了浪漫主义文学
世界文明竖起了又一座灯塔

千古志士以屈原作标杆
天下文人用离骚作给养
你的名字就是族之魂，国之傲
连寻常人家也世代难忘，这不
又到万家粽香时

苏轼的惑与明

读尽天下书，写尽天下文章
学而优则仕，果不然
然而，仕非我仕，身非我有
京城聚少离多，宦途荆棘密布
越是精进，越时运不济
一贬再贬，从东到西，从北到南
直到南海孤岛儋州
一路奔波，一路疑惑
终究是
不识庐山真面目

罢了，世事一场梦，人生几度凉
不如作一蓑翁，乘一小舟
或举杯邀月，或吟诗赋词
或扣舷而歌，或起舞弄影
与青山同在，与飞鸿共鸣
从此江海寄余生，随波飘荡

身到之处便是吾乡
四海之内皆有芳草
把那劳什子的宏图大志托于悲风
只做一个自在的活神仙

寻石评梅[1]

再次来到陶然亭
四周的喧闹消哑于一处幽静
茔冢上翠茵葱葱
评梅就在那里静坐冥思
宇君立在她的身旁

你曾像碧草地上跳跃的白兔
在溜冰场上飞舞旋转
和自己的学生追打嬉闹
夜灯下为年迈双亲缝织衣裳
生命如此灿烂而又娇柔

从平定来到京城
你怀揣着满腔热血　万般希望
可严酷的现实

---

① 石评梅(1902—1928)，中国近现代著名女作家，“民国四大才女”之一。

让你的热血成冰
把希望一片一片撕碎

周遭世界处处是罪恶之薮
人生成愁城恨海
面对一冷孤月
你睡时一枕凄凉　醒来万象皆空
只好让灵魂冲出云霄　直上北斗

然而　你不屈从于命运的安排
虽是弱女身　却意如磐石
努力地从旧世界挣脱出去
向着新的主义新的梦想奔跑
明知道自己是一朵飘舞的雪花
却义无反顾地落进熊熊烈火

你只活了二十六岁
生命虽短暂
恰如彗星扫过天空般壮丽
花虽未绽放
蓓蕾却已香色满屋
足以让人惊叹她的魅力

就在眼前的这抔净土里
你带着净白的心　连同你的
白屋　白菊　白色的象牙戒指
和所有对人世间的爱恨情愁
一同化成一堆圣洁的白骨

你是无愧于那个时代的才女
从你的文字中
人们能读懂你的才情
却无法读懂你的心思　因为
那是一幅无墨的画
一首无字的诗

思余光中

九岁开始跋涉
这一走就是八十年
从江尾到江头
从大陆到海岛
从东方到西方
四处漂泊的游子啊
身上浸渍着炎黄血脉
眼里饱含着华夏乡愁
每日第一缕阳光打开望乡之门
每晚最后一梦在桑梓遨游
他乡虽风景妙曼　却比不过
中国　最美最亲的国度
经年虽西装在身　却依然是
屈原和李白的传人
苍天有知　倘若死后
“葬我在长江与黄河之间”

所有情怀唯有仓颉文字表达
苦于只有两只手
一手诗歌　一手散文
曾经的逃亡　漂泊　壮游
留下的是脚印
积累的是人生
铸就的是卷帙
走一步感知一寸
感知一寸书写一尺
勤于耕耘　玩于股掌
就在指尖间　把中国文字
压缩拉长　捶扁磨利
寓雄奇于意趣
寄传神于简朴
轻轻触笔
化平淡为绚烂
不经意间
文坛开启新风尚
你稳稳站在
中国现代文学的新高地

美的历程不止

——忆李泽厚先生

你的一段美的遐想
竟然引领一代人　走进
美学的大门

人类从远古走来
除了衣食住行　还有
柏拉图的哲思　老子的意象
文明的标志莫过于　把审美
从一个高度推向另一个高度

许多人问　什么是美？
你说
美是智慧的源头　真理的归属
美是精神的土壤　生活的阳光
美是灵魂的镜子　善良的种子

世间的美无处不在
唯独缺少发现美的眼睛
而你　恰恰独具慧眼
不仅深悟美的真谛　还牵着他人
一同去感知美的快乐

可悲可叹　你只能
踽踽独行于太平洋两岸
茕茕孑立在晓风残月下
在孤寂中度过一生
“静悄悄地活着　静悄悄地死掉”
唯此　别无他求

生命有止　而美的历程不止
你虽去了美的天国
但你的绝美不是绝响
因为　人类需要爱
只要爱存在　美　总会
扎根在人的心里

戴珍珠耳环的少女[1]

——为维米尔的同名画而作

黑夜里的一束光
　　照射在你的脸上
你惊鸿一瞥
　　素淡　却又唯美
整个世界
　　因为你而静朗

在一片黑暗中
　　有一盏孤灯
在一片混沌中
　　有一泓清澈
在一片深邃中
　　有一星灿然
在一片万籁中

---

① 《戴珍珠耳环的少女》是十七世纪荷兰画家约翰内斯·维米尔于 1665 年创作的一幅油画。

有一声绝响

在这定格的画面里
那双眼睛却是跳跃着的
只需与这双明眸稍稍一触
顷刻间
化解世间一切怨恨
抚平人间所有忧愁
融化任何人心的冰冻
荡涤任何灵魂的污浊
呀！ 原来她是
一尊净化万物的神灵

耳垂下那象牙白的珍珠
忽隐忽现　似幻似真
它是龙王的眼珠　贝后的心脏
是一粒晨露　一颗雨滴
抑或　它只是你的一滴泪珠
可是为什么
你把心头的念珠悬挂在外头？

维米尔　读懂人心的画家

寥寥数笔

　　把缤纷化于黄蓝

　　把恬美种于质朴

　　把灵秀埋于静默

　　把典雅藏于平实

几个世纪过去了

　　再也无人替代

那摄人心魄的一瞥

　　原以为是偶遇

不承想却是永别

仕女俑

发髻挺立　如冠盖笼顶
眉如初月　恰好装饰细长的眼睛
鼻子虽小　倒也俏丽
嘴唇饱满　却勉强衔住一只樱桃
长裙及地　配上男儿的蹀躞带
衣领低开　一展凝脂酥胸
人前翩翩风度　人后袅袅弄姿
怡怡然　回眸一笑
百媚俱生　江山也随之妖娆
这是唐朝仕女　仕女俑
　　仕女涌唐朝

大唐盛世　仓廪实而衣食足
也因此　女人以胖为美
看她们　性情奔放　绚丽多彩
体态丰腴　从里到外尽显雍容华贵
身姿妩媚　由上而下散发着健康美

月亮圆　荔枝圆　比不过她们腰身圆

谁的身材美　就看敢不敢与大雁塔媲美

至于小雁塔　还是留给廿一世纪的女人

丰满的女人更自信　自信的女人更美丽

这是唐朝仕女　仕女俑

　　仕女涌唐朝

红墙里的苦行者

多年前一别，再聚首
你已遁入佛门，剃度为僧
红红的围墙里是你的天地

你在里面做什么？
日日素食伴着香火
白天香火夜晚青灯
你在思索什么？
点了青灯面对孤影
离了孤影面对四壁
你在祈祷什么？
走出四壁去敲木鱼
边敲木鱼边诵经文
你在超度什么？
丢下经文去转经筒
转罢经筒再转佛塔
你在等待什么？

转了佛塔去看日落
看完日落又等日出
你在期盼什么？
日落日出四季轮回
有人红颜已老，而你
亦已白发苍苍

我问你，你默默不语
你看我，我似懂非懂
我与你，人与佛，近在咫尺
中间只隔一堵红墙
然而
墙内，是佛法僧
墙外，是世俗烟火
两个世界两重天

彼岸花

题记：彼岸花，又名曼珠沙华，或曰曼陀罗华，相传为爱情之花。余闲暇种植几株，今年较往年迟开，花也格外红艳妖媚，遂作诗一首。

你是昨天的我
我是明天的你
虽然你我不曾相见
但我们彼此拥有
我住在你心里
你流淌在我的血液里

你在天国的彼岸
我在凡间的红尘里
尽管时空让我们错位
却如同白昼和黑夜
没有我就没有你

没有你也没有我

我的死亡是为你的新生
你的绽放是对我的唤醒
是生与死的交替
是聚与离的交织
两不聚首　又两相依偎
同根同源的两朵生命之花
彼此交相辉映
却从没来得及说一声再见

碉　楼

四四方方的碉楼孤傲地僵立着
在竹林荷塘，在晨曦黄昏，在风声雨声中
曾经华丽的夜宴不知何时戛然而止
留给幽灵们狂欢劲舞

那些寂寞的砖瓦和枯藤
守着主人的一行行脚印
高处的角堡俯视四面的荒野
用它的阴影去追赶远行人的背影

自由的花鸟

五彩的鲜花　盛开在原野
它们不归功于谁
因为只要有阳光　空气
这一切　就是天然的

唱歌的小鸟　飞翔在天空
它们不附属于谁
因为只要没有鸟笼　天网
这一切　就是自然的

春风吹又生

荒原上野草遍地
它来自大地，命为神授
向四周伸展，越过三山五岳
不与山比高，不与海比阔
不与它物决雌雄，不与天地论长久
只求孤独，静守，自由自在

洪水去了，转瞬又是干旱
严寒去了，转眼又是酷暑
时间在流，季节在变
小草听天由命，随遇而安
野火烧不尽，春风吹又生
每天送走太阳，迎来月亮

来了一个变态狂，恣意践踏野草
刀割，火烧，连根拔
欲斩尽杀绝，寸草不生而后快

“因为草长得高，长得大，长得丑”
理由竟如此荒唐
可怜的野草，何罪之有！
野草无罪，岂能斩得尽杀得绝
只要大地在，只要春风来，只要太阳升
它就会重新发芽，勃勃生长
即便割了它的头，枯了它的身
它的灵魂还在，会死而复生
而只要有一棵草复活，就会绿遍原野

光明必定战胜黑暗

天空飘来一片黑云
瞬间　大地变得黑暗
黑云说　从此我一手遮天
大地的生灵　再无光明

时间在走　风在吹
黑云似乎忘了　它无根亦无靠
黑影　仅仅是它自己的身影
黑暗下的生灵　依然可以
看得见远处明媚的阳光

只要地球上的风不止　哪怕是
轻微的风　也会把黑云吹散
更何况　当夜幕来临　万家灯火
即使天上的云再黑再多　也毫无意义

假面具

谎言视镜子为知己
总是爱不释手
每天早上对着镜子梳妆打扮
然后　收获满满的自信

每当对着镜子　它
　　用善良代替丑恶
　　用美德掩盖卑劣
　　用谦虚涂鸦傲慢
　　用高雅粉饰无知
镜子总会对它说：你是世界上最美的

有一天　它忘了梳妆　来到镜子面前
镜子对它说：你是世界上最丑的
它愤慨镜子背叛了它
镜子分辩道：我说的是真话

它反问：为什么之前你总说我美

镜子这才告诉它　之前镜中的它

只是一个　假面具

天不变，道亦不变

夏有烈日冬有雪，花开又花落
青山在轮回，大地在轮回，万物在轮回
还有两条腿的人，人类也在轮回

上帝当初创造亚当夏娃，一男一女
最早走出东非大裂谷的直立人，有男有女
他们的子孙，子孙的子孙
四处漂泊，历经瘟疫、战争、杀戮
生死相较，我存你亡，从未曾停止
如今人族家庭已然数十亿，仍然是非男即女

一如天上的云，不停地走，不时地变
人与人之间，爱恨情仇，聚散离合
国与国之间，分了合，合了分
人类文明有多久，不文明亦有多久
回眸历史，人性、人生、人本，依旧如史前
作壁上观的浮云笑了

我还是那我，人还是那人

百川归海，水生于斯，葬于斯
人生而平等，却被分割成高低贵贱
君王年年富，村夫日日穷
到头来，富人与穷人都走进坟墓
繁华化为烟尘，烦恼化为虚无

辑五　极简生活

造　梦

一束阳光　一声鸟鸣
终结了一夜好梦

梦着的　有欢声笑语
梦境里　是五彩斑斓
每个人　每段情节　每种场景
都在馥郁的玫瑰色的光影下

所有梦的预期　总在结局前变更
所有梦的完美　都在醒来后弥补
因为　梦中人
错把今天当昨天　又把昨天当明天

终结了上一个好梦
再用新的阳光　新的鸟鸣
去构设下一个梦的剧本

高　铁

始皇帝发话，车同轨
过了两千年
后土阡陌依旧，木轮恣行
又过了两百年
高铁横空出世，驰骋东西南北
惊醒秦皇的兵马俑
和汉武伐疆的铁骑
面对脚踩数百个风火轮的铁龙
只能望而生畏，不敢移步

一条条传说中的东方巨龙
风行在大城小镇，崇山峻岭
朝发天南，夜宿海北
在车上打个盹儿，睁开眼
已经到梦的彼岸
从此天不再长，地不再远
时空无界，只有记忆有界

当年太白“千里江陵一日还”
不过是酒后狂想
如今千里江陵一时（辰）还
已是十拿九稳
加速，再加速，与光赛跑
中国龙在飞，在茁壮，在繁衍
古老的神话，在眼前，在现实中

机器人

你来了
男人们怦然心动
女人们愀然错愕
你来自哪颗星？
相遇不相识

百媚千娇
一身完美的线条
一路婀娜的步履
恍若神仙下凡
可遇不可求

满腹经纶
自地老天荒到三皇五帝
从李白杜甫到阴晴圆缺
天生一个智者
知之不学之

你我相视
我把所有的烦忧给你
你把不同的快乐给我
仿佛换了时空
思想不再想

唉，可是啊
你终究读不懂我的心
看不透人间真假善恶
纵有百般花样
形似不神似

滑　板

哧溜——
你是铁轨，它是火车
我用遥控器
给车加上风火轮

哧溜——
你是草原，它是骏马
我扬起鞭子
任凭它驰骋疆场

哧溜——
你是大海，它是飞艇
我加足马力
看身后浪花飞溅

哧溜——
你是天空，它是云朵

我呼风唤雨
遨游太空十万里

咻溜——
你是过去，它是未来
我用蒙太奇
穿越到下个世纪

“农民”工人

从广袤的田园到狭小的工地
曾经拿锄头的手变成操作机械的手
城里人称我“农民工”，农民的工人
既为工人，又何必冠以“农民”
难道农民是我终身的标签？
谁前八辈子不是面朝黄土背朝天
即便我不是城里人
但我是工人，一个真真正正的工人
请不要叫我农民工！

才拆了旧房又去造新房
刚修了马路又去植花木
这边月落那边乌啼
送走烈日迎来寒风
扒一口冰冷的盒饭
拍一拍满身的泥土
身后是崛起的一片新城

只是，这广厦千万间
不知哪一间未来可成我家
眼前这片曾经陌生的地方
无论一砖一瓦，还是一草一木
都了然于心，入之于情
它们时常令我想起自己的家乡
那遥远僻静，魂牵梦萦的故里
故里还在吗？ 家中还好吗？
那年迈的父母，幼小的儿女
可曾健康？ 是否平安？
手机视频里从不见你们的笑容
是千山万水的传输让信号变得模糊
还是久别了亲情让彼此不再会笑

书与读书人

河边一棵幼苗
伴随着流水慢慢长大
水流不息　幼苗长成大树
水声潺潺　树叶缄默

水因物有所用而喜悦
树因滋有所养而茁壮
彼此　相得益彰

长大的树吐露芬芳
落叶和种子飘在水里
河水带着它们流向远方

书　签

与君初相识
日日依偎在你的手心
陪你走过春秋冬夏
懂你的心事　知你的冷暖
伴你在灯下　一夜到天明

那日你一卷而去
我被打入冷宫
便折叠你的记忆
只在心中默默企盼
重逢的一天

插花的心语

你轻轻一剪　从此
我离开母亲　离开
生我养我的土地
我失去自由　失去
鲜血与尊严　只剩下
一副没有灵魂的躯体
被玩弄于手掌中
　　在一只花瓶里

就这样
用我的生命
　　去展现你的理想
用我的美丽
　　去装饰你的梦
所有的满足
　　来自对我的掠夺
所有的灿烂

化为我的毁灭
最终换来的
是你的遗忘

茶　饮

你若捧我在手
　　我会跃上你的唇
你若让我入口
　　我会沁润你的魂

雨　链

天太高，地太低
牵一根线，一根不太长的线
从此，两者连接在一起
屋檐的水如柱，仿佛所有的雨都聚拢来
只需小小的漏斗，接龙成一串
从此，雨成一线，流归大海

淫雨霏霏，漫天遨游
想不到檐下有这等好去处
可现可遁，亦可进可顿
才作涓涓细流，又行翻江倒海
只是，身旁的雨链一直在唠叨
别湿了连廊上淑女的衣裳
别扰了屋内沉思的读书郎

空调的笑与哭

百年前开利发明了空调①
从此　它走进千家万户
成为人类冬夏不离不弃的挚友
因为有了它
许多人的生命得以延续
人类的平均寿命得以延长
人世间的许多美好场景得以展开
如果它是人类的保护神
那么　开利堪比人类的救世主
看着舒适的屋内开怀的人们
空调笑了　开利的灵魂也笑了

可是百年来　地球的人啊
一边在享受空调　一边在排放温室气体
只管室内惬意　哪管室外生死

---

① 威利斯・开利（Willis Haviland Carrir，1876—1950），美国工程师，空调的发明者。

伴随全球温室效应日渐加重
冰川在融化　森林在焚化
太阳在狞笑　山川在痉挛
地球成了一口大锅
江河沸腾　土地沸腾　空气也在沸腾
可怜同在地球村的北极熊、企鹅、大象
还有数不尽的飞禽走兽
它们也有生命　却没有空调
只能慢慢死去　日减其数
看到在恶劣环境里挣扎的它们
空调哭了　开利的灵魂也哭了

极简生活

以为拥有了宇宙
　　宇宙本是空的

以为失去了所有
　　所有本就没有

以为上得天堂
却发现缺少一把梯子
　　梯子在起点路旁

以为下得地狱
却发现地狱之门锁着
　　钥匙在自己手里

凡　人

什么是凡人?

只要有空气
　　就可以自由呼吸
只要有小草
　　就能感受到春天
只要有一粒种子
　　就不必担心饥饿
只要有一把椅子
　　就可以随时憩息

凡人欲望很简单
人间快乐是凡人

让心在路上

流年似水　人间沧桑
曾经沧海难为水
在一个没有雨伞的雨夜
面对泥泞的长无尽头的小路
走着走着　终于明白
再难再长的路　必须一个人走下去
直到路的尽头

从这一刻开始　让心在路上
都市喧嚣　只要内心安静
阡陌曲折　只要充满激情
岁月静好　只要有一帘幽梦
世事无常　只要做一朵青莲

让心在路上
红尘三千丈　念在山水间
任凭海阔天高

只愿随风　随雨　随尘埃烟云

默默地上演

属于自己的故事

孤　独

孤独是孤独者的天堂
它发源于心，终结于思想
只需要与宇宙交流
任何语言都是多余的

孤独者

一只小舟在大海上漂流
自由自在
飓风来了，巨浪滔天
小舟投进海的怀抱
风平浪静，海天一色
上面无数颗星星闪烁
下面无数双眼睛眨动
小舟在海上徘徊
四周茫茫，惟有远方陆地上
　　那一点光

那是海岸的灯塔
静静地立在山顶上
从上个世纪到下个世纪
每当夜幕降临
它会发出光
不照天，不照海

只照经过的行船
迎来送往，了无牵挂
放不下的，惟有山下石屋里
　　那白发老人

那是灯塔的守护者
无论春夏秋冬
不管风吹雨打
每天从山脚爬到山顶
几十年如一日
在石头上踩出深深的脚印
为只为，心中有一片光
把它传递给灯塔
再通过灯塔，传递给
　　那漂泊的小舟

音乐的魔力

听，这一首曲
　　蝴蝶的风
　　柳絮的雨
　　是儿时的光景
怎不叫人回忆往事

听，这一首曲
　　大海的舞
　　白云的歌
　　是梦里的牵挂
怎不叫人神魂颠倒

听，这一首曲
　　红色的泪
　　黑色的光
　　是陈年的苦痛
怎不叫人伤心欲绝

听，这一首曲
　　沸腾的血
　　恬静的死
　　是醉人的琼浆
怎不叫人随风而去

听，音乐啊音乐
　　你给予它，它也给予你
　　虽无影无形，却入魂蚀骨
　　一耳倾心，欲罢不能
怎么叫人抵得住它的魔力

指尖上的孔雀

——观杨丽萍孔雀舞

你一个旋身，伸出五指
瞬间出现一只美艳的孔雀
翩跹而来，婆娑而去
行云流水全在手指间
目光聚焦孔雀的羽冠、长喙和眼睛
忘却了它的覆羽开屏
只因你手如柔荑，矫若游龙
犹如画龙点睛
孔雀形在身，神在头
想必很久以前
有只孔雀驾云南飞，化身于你
化在肉体还是灵魂
化来化去，化在了指尖

辑六　词

思远人·离愁

衰草凄清天瑟瑟，秋夜风霜剧。
阑干洒泪，空留幽恨，独自更焦虑。

几年离索多愁绪，倦鸟知归去。
放眼望长空，往来鸿雁，夫君何时聚。

长相思·游子心

山青青，水清清。
年少华发去远行，他乡也有情。

草凋零，花凋零。
落叶归根知本亲，寄托游子心。

江城子·醒世

人生一世求功名，雨中行，浪里拼。
潮去潮来，独自若浮萍。
待到衰颜知过客，人将去，世方明。

东西南北去远行，任阴晴，自飘零。
一路崎岖，得志也凄清。
向后掩门当自省，诗与酒，最怡情。

定风波·独行

万里长空看似晴，风吹草动岂无因。
转眼黑云淫雨到，呼啸，不觉凄冷我独行。

一路漂泊一路景，心净，守望岁月守丹青。
自古人生多险要，难料，不经坎坷不知平。

点绛唇·孤影

鼓乐声声，但闻远处他人戏。
夜阑风起，孤影寒窗倚。

纸墨留香，作者成回忆。
情难已，笑颜犹记，却负相思意。

鹊桥仙·乌江画廊

乌江千里，画廊百里，还数龚滩最旺。
悬崖峭壁伴江流，青砖瓦、层层叠嶂。

黔山蜀水，南来北往，自古商货满巷。
而今名胜响八方，出云霭、泛舟荡漾。

苏幕遮·忆当初

忆当初，年豆蔻。
如影随形，灯下鸳鸯绣。
一任天晴风雨又。
城外一别，洒泪鲛绡透。

日常新，光已旧。
白发如霜，镜里身形瘦。
独自慢饮一壶酒。
谁解心愁，唯有相思豆。

疏影·流年不复

流年不复，树叶枯又绿，岁月无数。
望断天涯，欲寄相思，不知君在何处。
那年叩首匆匆去，不曾想、各分南北。
似青烟、转瞬绝尘，从此再无归路。

君我今生有誓，却先自驾鹤，阴阳分宿。
泪雨飘零，鸿雁空还，远处荒坟萧肃。
奈何桥上君虽去，叹只叹、这边哀哭。
更哪堪、只影单形，寂寞倚窗孤独。

浪淘沙·漓江仙境

两岸有奇峰，倒立江中。
青山灵秀水朦胧。
江面竹筏如影动，可问轻风。

漫步入彩虹，人醉情浓。
此生此景总相拥。
他日白头何处去，愿做蓑翁。

蝶恋花·一尺飞裙

在美国圣地亚哥市科罗纳多酒店偶遇玛丽莲·梦露雕像有感。

一尺飞裙轻摆弄。
万种风情，不觉春心动。
展尽销魂百媚送，芳容惊世人传颂。

一座石雕成娇凤。
倩影长存，不意得相逢。
此处名流相与共，三分清醒七分梦。

附：译作

记得去年秋天的你

[智利]巴勃鲁·聂鲁达[①]

记得去年秋天的你
头戴灰色的贝雷帽，凝神静气
霞光跳动在你的眸子里
树叶飘落在你心间的小溪

你如攀缘植物缠绕住我的双臂

---

① 巴勃鲁·聂鲁达（Pablo Neruda，1904—1973），智利诗人，1971年获诺贝尔文学奖，被誉为二十世纪最伟大的拉丁美洲诗人。
他曾经担任智利驻外领事、大使、国会议员、作家协会主席等职。少年时代就喜爱写诗，并用笔名聂鲁达。1923年发表第一部诗集《黄昏》，次年发表成名作《二十首情诗和一首绝望的歌》。主要诗作有：《地球上的居所》《西班牙在我心中》《船长的诗》《一百首爱的十四行诗》《英雄事业的赞歌》等。聂鲁达在拉美文学史上是继现代主义之后崛起的伟大诗人，他的诗既继承西班牙、拉丁美洲民族诗歌的传统，又受到欧洲现代派诗歌的影响，以浓烈的感情、丰富的想象，表现了拉美人民的民族情怀、热爱生活和男女情感等，具有高度的思想性和艺术水平。
《记得去年秋天的你》和下一首诗《丰腴的女人》分别选自聂鲁达的《二十首情诗和一首绝望的歌》和《一百首爱的十四行诗》。

叶子在聆听你的慢声细语
烈焰伴随我的情欲一起在燃烧
蓝色温馨的风信子在折弄我的灵魂

我跟随你的目光游走，秋天渐远
灰色的贝雷帽，小鸟般的声音，爱巢一样
　的心
引我进入强烈的渴望
我狂吻不止，激情如炭火

苍穹下的孤舟，荒丘间的芳草
你给我的记忆是光，是烟，是静静的池塘
云霞燃烧在你眼睛深处
秋叶旋绕着你灵魂四周

丰腴的女人

[智利]巴勃鲁·聂鲁达

丰腴的女人，肉做的苹果，火辣的月亮
带着浓浓的海藻、泥浆和碎光的香气
发自你圆柱间的是什么幽暗的光？
男人用感官触碰到的是什么古老的夜？

噢，爱情是与水和星星结伴的旅程
是与窒息的空气和粉末状的疾风骤雨同行
爱情是闪电的搏击
是两个躯体为了甜蜜时光而在所不惜

我吻你，一遍又一遍，从点滴到无垠
吻你的高地，你的河流，你的小村庄
转而化作一团快感的生殖之火

它，穿行于柔软的带血的小道
直到花香四溢，如夜晚的一朵康乃馨
直到恍恍惚惚，黑暗中射出一束光